ノスタルジア

SAEKI Yuuko
佐伯裕子

北冬舎

ノスタルジア※目次

三

装丁＝大原信泉

ノスタルジア

一

静かな風

転生と復活の差もわずかならん口内炎の白きふやふや

思わざる甲高さなり声に出でて死病の人と小綬鶏の鳴く

髄液にキャンサー潜む背骨のそこより静かな風は生まれつ

大空は崩れくずれる春弥生黄金の玉子を少女より受く

復活の絵玉子ひとつ褪せゆけり生れくるものを何と知らなく

職につかぬ理由を問えば明日もう死んでいるかもしれないからね

誰が産み誰がその子を育ててもいいような空花に曇りて

ホスピスという字小さく入口に土蜂の羽のかすかな羽音

声

その死後も鳴りひびくらむ声楽のさりさり春の雪をくずしぬ

人間に声あることの太ぶとと白く震える喉浄しも

蜜を塗り湯気をあてては保ち来し春日の午後の声帯ならん

黒き声くれないの声睦みあう悲恋を長く楽しみにけり

テノールが「またも孤り」と歌うとき庭に日の射す喜びのあり

「ハンガリー万歳」と叫ぶ喉もとが波うつ見れば病める日本よ

着膨れる日本万歳というこころ明りとどかぬ隅に湧き来も

パンパグラスのわが声帯と思いたり草のごときはむしろ清しく

オペレッタよりもシャンソンそれよりも愛語のよけれ空なる耳に

声もてる夢のさびしさ夢にさえ音程狂うわれのハミング

フィナーレも癌病む義父もどの声も帯ひきながら、そんなさよなら

春昼

食道にものの落ちゆく力学の恥《やさ》しもわれは体をもてり

彼方から棕櫚の葉影の伸びてきて撫でられている午後なりしかな

恋うるとはホルモンの謂いと断じたる薄き笑いも早春めきて

薄いグラスのこころのうちに砕け散り桃色の血の滲む春昼

何に折れしこころと知らず折れし枝は膨れてあらむ春の細雨

更けゆけば新アジア主義を説く口調まして空調の音淫らなり

檜扇をひらけるように数えおりユーロは玩具の紙幣に似つつ

その窓に近づく死など見えざるを林立しゆく高層マンション

大空

唇にはりつく桜花まがなしく紙片一枚の関わりにいる

相続のうすき輪のなか幻惑をされて堕ちゆくこころと知れり

大空を相続せむと記すとき緋の印影のかすかに震う

漆科のろうの木の幹ひともとを伐らむとしたり毒にうるみて

みずからの瘴気に葉うら震わせる漆一樹が夕焼けており

月球のような灯りの八つ点く茶房にグラスフィッシュ泳げり

唐突に照らしだされし野良猫のくまなく白き毛を恥しみぬ

このうえは星も消えよとひとすじの紐を引きたり夢の夜の手が

少年論

校門のむこうは桜ほろほろと入りがたきまで門烟《けぶ》らいぬ

「君」と指されしチョークの白さ千年を待たせてわれは答えぬひとり

その怒りシベリアに負うる捕虜のものと気づかざりしをチョークの折れて

大通りを曲がりて電車耀きぬひとりが好きな少年のため

違和として少年論の太る街　神になりそこねたA君B君

ダウンコートの鵞鳥の羽毛ぷあぷあと職に就かざる息子は静か

刺として青年の棲む家内に降りて白しもコートの羽毛

「いやだな」と宙に息子が遊ばせるこの眼は夢にふかく来るらむ

往来の一人ひとりの背に羽根があると思えばわずかに愉快

公園家族

匿名の悪意をここに太らせて雨降りつづく国のたそがれ

土砂降りの窓にあらわれ亡き父が茸のように崩れて笑う

垂れこめて昭和を生きる家のうちふとぶとと象の大脚の椅子

善し悪しのわかりはせぬが壊さずに、崩さぬように公園家族

変わる虫変わる人間たちのいてファミリーパークは雨に打たるる

かりそめに生き来し歳月ともに見るすすきかるかや羽よりおもし

没《い》りつ陽にキリンの群の駆けてゆくポスターに長く支えられ来し

平らなる夫婦の時間をおもしろく光をまぶし告げていたるも

秋空に飛ぶは某々行くものを数えて丸子大橋のうえ

係累の毛ばだちやまぬ喉もとに獣の声のひびく秋なり

道

生き過ぎし天壌無窮の生きものにおのずからなる吐息の湧けり

ああいやだいやだわというこの声も半世紀ほど生きてきたりぬ

誰ひとり使わぬベッドにみっしりと生うる明日の香り草なり

おしろいの花のこぼれてこれの世は満つる精子の数こそすべて

ちかちかと騒ぐ精子の映像は徐々に身内に響くともなく

くまぐまに喜び走る生きの身がアルファーでありオメガである

愛執に拗ねて籠りし同性の神とし思えばありがたきかな

「たましいが毛羽立つ」といい生きながらホラービデオに呑みこまれたり

鳥が啼く吾夫のながき夢のなか河豚は見られて煙となりぬ

唐突に罅はしる空ほの赤く軽羅のようなブラインド落つ

どの道を行けども迷う地図のうえ蜻蛉色の酒壜を置く

二

ああ

淡あわと花に覆われ自転する星を思えり春のこころは

薄紅の雲のかなたも桜ばな死にたる人のみな還り来よ

木を走るああという声ああああと桜花びら山の上まで

くれないを噴きたる枝の透けてあらば楊貴妃桜おそろしからん

アンテナ船が月光のように寄せてきて優しき陸に花降りしきる

つまらない花と言いたる若き日は眼に力ありてさびしき桜

花房は静かに満ちて樹の下に白きエプロン広げ待ちおり

ほのしろき枝に花桃の重くなりぬ入口の鍵ひとつ探りて

草色の髪

白つつじ赤つつじ咲き死へつづく夢かと思う若草浄土

はじまりもおわりも道に白つつじ老母を置いて立ち去らんとす

粥のような癒着を腹にもちおれば母は芒の原に出でたり

溢れんばかり河の走りてくるからにふいに恥しも老い初むること

石の象石のキリンを沈ましめ川はおのれの嵩に溺るる

思い出の半ばまで波の寄するからもう死ぬのかと思いつめおり

樹々の間に声の溜まりているらしく悲しい人はみなここに来る

溶かし塗るインド豆の粉ひと恋えば濃き草色の髪となりなむ

気の遠くなるほどむかし失せにける星の雫がこぼれて来たり

通信傍受

纖くほそく樹々の時間の降りつもり天近き部屋に昼まで眠る

ふるえつつ昇る雲雀《ひばり》が神に会うコロラチュラソプラノの空

大浴場はじんじんと夏柔草《にこぐさ》を踏み分けてくるピカソもあろう

電磁波の縞なす街を歩みおり午後は冷えたるアンテナとして

うっそりと通信傍受する耳の青葉が綺麗な風に吹かるる

盗聴は傍受にあらず言いかえて擦りかえて甘き聴き心地かも

声もたぬ一団が降りそののちのバスの座席に雲流れこし

フロリダバンド

水のぼる青葉の葉群くぐり抜け何かこわれる感じのしたり

恋のように行きと帰りを違えたる傘にて玄関はとりどりの色

玉葱に手羽肉たわし広げればわがものならぬスーパーの袋

ひとり言は耳の喜びあらいやだあああいやだと今日を癒さる

ゼリー状「ビタミンサラダ」吸い終えて四肢朦朧と草原に咲く

魂離《たまさか》る式部はいいと母の言う竹魚《さより》の汁がとろりと甘い

繊細に竹魚《さより》まわしてすっと引く箸はしずかな櫂になりつつ

切れぎれに「フロリダバンド」高鳴るを急に悲しきＳＰ盤は

炎立つインドの草に染めあげて五十の髪が夕映えている

さみどりの梅の実いくつ梅林に散らばりてなお微光をもてり

耳鳴り

高空へ吹きのぼりゆく悠揚の雲を見てあり家郷とは何

こぼれ花とぞいうならん離れ咲くあさがおの淡いあわい空色

迷い音ならんかひびく君が代に一国の暗き内部顕ちくる

絶えまなき纖《ほそ》き耳鳴り君の代を千代に八千代の幻として

君が代は国境も知らぬわれに鳴りもう干乾びてゆくのかと思う

白鳩と国旗と夢とハンカチが帽子より出ていまだに平和

日の丸の折り畳まれて春服のかたわらにあり古き和箪笥

国の旗は兵士の骸《むくろ》をくるむもの風にはためく日輪の赫

何ゆえにかく浮きたちぬ民族を先立てたればわたくしのこえ

収容所に埋められし友のその上を踏みて逃げ来し「北」の青年

ひとすじに近寄りて来る足音が海のうねりとなる夜のありぬ

何も言わず何もしなければ死んでしまう少年のいて何せざるかも

とめどなき机上の論とからかえば心楽しまずアジアのことにて

多摩川

麦秋に鎮もる川の曲がるところかの子の恋の実りしところ

松の林を過ぎる甘さや「かの子さーんかの子さーん」てば、いずこに潜む

われもまた和泉多摩川ふたつなき沃野を疾る水ならむとす

眠りゆくせつなにぼうと見ゆる白　川の底なる石の動物群

なお上へ浮かび上がれよ浮きゆけよ水藻のそよぎ黒くふくるる

妹も母もかの子も太り肉フロンティアライト眼細めて吸う

手に載せる葡萄乳房ゆたゆたと鈍き重さを土は産みたり

老い母は天満つる月あかあかとふかぶかと籐の椅子に動かぬ

この世とあの世いずれと知れず大き声落として母の井戸の深さは

父の帽子は緋鯉の匂いいつまでも沼のようなる戸口に掛けて

樹がわれでわれが草なる秋の日はおどろきやすし自分の声に

わずかに残る赤松林たれひとり食べしことなき茸が育つ

二千年の青空

地下鉄の吊り広告に揺れている二千年の空虚のような青

大太鼓シンセサイザー笙つづみ、こぞりて神を呼ばう末世や

真新しい子供の耳のひらりひらり神に摘まれてゆく夕べかも

コンビニエンスストアーの横に立つイエス若からぬ眼にときに見ゆるも

絵のなかの雲が廊下に流れ出すかすかな気配あなたかと思う

秋空は骨の触れあう音ひびき長く日本の国に棲みおり

雲のように身のほぐるるは妖しからんあぎとう風の秋のまにまにに

あからひく桂、太陰、恒娥とぞ月の異称に声も乱るる

アルカフアルカディブ別名カシオペア爪が黄色く染められている

小宇宙マゼラン雲は窓の向こう二〇万光年を数えて暮らす

三

早春

ミレニアムの強き光はテレビから届きぬたとえば卵の殻に

五十年を朝寝かさねてちちははのＤＮＡにつらなる眠さ

初春を笑い続けてくれないのテレビの口に吸いこまれたり

弟を早春と呼びあたらしい窓開けてやる兄の静けさ

ふとやさしいこころになりて呼ばむとし兄と弟の部屋の空っぽ

波立ちて春のテラスに影落とす鳩の翼の昨日よりも今日

暮れなずむ空を映して立ちおれば蓮の広葉のように吹かるる

さはあれど春の歩みを庇いくるる腰痛バンドのあたたかきかな

鰐

うつふせに髪洗いしが春の夜は万の毛穴のしずまりがたし

ドライヤーがわあわあと髪吹きちらす鏡の景におどろきて止む

東海の地震を予知する女の鰐の騒立《さわだ》つらしもバナナワニ園

電磁波に応えて地震を告げるらし鰐よどうなるものにあらぬを

天刑に波だちやまぬ鰐の背の実景なればカメラの揺るる

凶ごとを予知するものの棲むという椰子のワニ園寝静まりおり

鶏

フェルナン・レジェ

永劫に鶏は告ぐ黒光る鉄の稔りの甘き愉悦よ

永劫に在るものとして縁取られ雲と鶏と鉄　そこにあり

在るものを在るとし描く縁取りの愉悦よ鶏は未来に鳴けり

天の小家族

写実的な雲が行き交う壁紙の向こうから来る無のようなもの

小家族に天つみ空のひかり降り油絵の具のように蕩ける

近づけばひとりの奈落さびしいよさびしいよとぞ母は老いぬる

ながながしき没《い》り日のきわを見つくして振り向くときの深き眼の穴

エピキュリアンの濃き醜聞を得て帰るいろこの宮の鳴るわたつみへ

ぶつ切りの鶏に塩ふり楽しもよわたくしという春のけものは

肉片を粗塩に揉みしだきたる夕べの十指のやわらかすぎて

あふれ出るこの世の言葉にくちびるはつくづく倦みて閉ざさむとす

蝶と象

一つ身を始末する術忘れしは風に鈴振る猫のみならず

アフリカの蝶追う母にまぼろしの象を追うわれ歳月経りぬ

繋がりはモツアレラチーズ糸を引くその唇がわれを産みにし

老母ひとり容器に尿を注ぎおりめぐりは椿の花の降りつむ

父と母の若き写真にわれも居りエリア・カザンを観に行きしかな

自殺せし友人を泣く子のまなこ瞬時に杏のいろの衰え

「おかえり」のあとの会話は目を隠し卵の間を歩むようなり

いつ死んでもいいと甘える変な微笑　台所にまで雪の降りきて

座りこむ路面にわれも腰おろし雪の馬橇の話をしおり

焼却炉の毀れていいたる風景に呼び覚まされぬ胎児なりし夏

砂埃たてて飛びくる塊やただやわらかなある日の息子

雲の開きこぼれてきたる音のようなぬくもりに身の慰められぬ

皮薄き完熟トマトを手のうちに握りしめたり　優しくなりたし

雪やなぎ小手毬つつじ夢の庭にかすかの白を違えて咲きぬ

武蔵野

芹のような耳に捉えて遠い声独りひとりが電話携さう

捨てられし万の携帯電話から遊びのごとも芽吹く猫やなぎ

溶けるなく埋め立ての地に吹かれいる青きポリ袋のしだいに怖し

地下街をキックボードで滑りゆくみずがね色の猫やなぎたち

棒の先にいざなわれゆく地下濠に獣の骨を見しおぼろかな

武蔵野に無邪志の国と胸刺なる若国ありてみどりきらめく

胸にひらく関東平野かぐわしきどんぐりの実の敷きつめらるる

生れしよりまだ見つくさぬ沃野なり春の土立て老母の遊ぶ

鷗外の娘なる茉莉のテレビ狂いベッドの下に茸生やして

ひと息にミネラルウォーター呑み干して家に入りぬ何を告ぐべき

ヒトゲノム

骨をおおう脂肪の白き層重ねわれは石鹸になりやすきひとり

たましいは移植できぬと遠く咲くだいこんの花の淡きむらさき

死に急ぎはた生き過ぎておおよその時間の幅は八十年がほど

端的に時間をいえばほのかなる水蜜桃の腐れゆくさま

「ヒトゲノム解読完了」そをもちて紫の世紀終わらんとすも

木洩れ日を浴びていたりぬ三〇億の塩基連ねるヒトの子われは

母はヒトをわれはゲノムを産みたりし白い敷布のはためける日に

ひらひらと青葉震わせ吹かれいる樹齢百年の可愛いゲノム

ぬるき陽の波に浮きつつヒトゲノム赤い髪の毛が沖に去りゆく

白蠅の葉を食む音の強く響くモノクロフィルムに巨大なり、蠅

うらうらと物忘れする幸いに夕雲のようにほどけて笑う

われはただ一つの眼なり大空へ溢れ出す眼を湖とこそ思え

みず

水田のみずをとろりと陽が流れなにみごもりし朝ぼらけなむ

足首を沈めて早苗植えたりし天皇のことついに分からぬ

すめろぎに髭の有りしやぼんやりと甦りくる顔小さくて

海面へとつづく水田のゆらゆらに神も仏も潜みいるらし

釈迦牟尼は遠照る波の上にいます水母《くらげ》のような月のひらひら

流れ来し重油のかなた藍青にナホトカありてわれは見ており

窓に透く潮の微かに動くと見え烏羽玉の海の夜の体積

夏帽のリボン漂う魚の町に老母十人ひとりごちおり

青き眼のちいさな鰈若狭がれい登美子が食みしゆうぐれの魚

男ならず女にあらぬ樋口一葉みずを湛える物書きの胸

恋しく候お金の欲しく候や苦界を書かんとせし日ふたたび

家長なる文脈もちて濁り江のおりき泣かしむ夕暮れの性

ことごとくささくれて反る幹に触れむしろ安らぐ神なきこころ

沖縄の深海水とて詰めて売るペットボトルの送られて来し

四

ノスタルジア／少女論

名を呼ばれ振り返りたる靄のなか百科事典が寄り添いて来ぬ

図書館はいま荘厳す紀元前の本よりほかに誰もおらざり

どのように呼吸をしてもわたくしはわたしの身体を汚しているわ

濡らしながら撫でつけて見る鏡壁にゆらりとそよぐボブスタイルは

こおろぎ嬢とわたしの潜む図書館に片意地少女の系譜なつかし

くしゃみするこおろぎ嬢は見えていてしかも誰にも見えない孤独

すばらしい羽の動きに秋を鳴くこおろこおろの文学史かも

しゃあぷ氏を好きだと言ったその響き図書館の床を転がりてゆけ

打ち明け口のほのかな暗さ少女とは老婆より淡きほとのかげらい

めぐりには利休鼠の風が吹き妹をひとり置いて来ました

閉ざされし空室にいる悲しみの本の隙より流れてゆけり

神経派はたコカイン派知らぬまに浦島草のそよげるような

さりさりと手紙を汚す粉薬オブラートごと飲めと指示さる

副作用は机の上に降る雪のいけないい夢をわれに教えて

外套のポケットに飴が溶けはじめ秋は朝から死の図書館へ

気体のような君の孤独がもうひとり君を生み出す　地下食堂

ねばねばと地下食堂に棲むあれを〝分心〟と診る心理学者は

ひとつの魂にふたつの骸　ねじりパンの砂糖をこぼす昼下がりかも

子供大の本を開けば雪原にフランスのパンが散らばるところ

天井に灯されているこれの世の自分ばかりが好きな人たち

ひとつの骸にふたつの魂　呼び交わす自分の声に溺れて死にき

大理石の机の上に死が待てり死因はノスタルジアと記され

広く張る北窓に立ついっぽんの柱をノオトに留めておかん

用のなき本の館よ去来する列車の影と風に巻かれて

頽廃の森

妻たちの死体を集めた、青髯の暗い室内……。わたしは扉を開き、懐かしい死体の名を、ひとつひとつ呼びながら歩いた。その中には、わたしもいるはずだった。靴底にこびりついた血が、じつは森に眠っている姫も死体であったと告げる。

十七世紀、シャルル・ペローがフランスで採集した寓話の森には、惨殺体がいっぱい詰まっていた。わたしだけの美しい死体……。彼女たちを愛したものたちを、わたしはふかく嫉妬した。

シャルル・ペローやわらかな名に吹いてくる風聴きとめよ短き夢に

あれは頽廃　眠れる森の布団にてびしょびしょに呼んでみた姫の名

ひとくちに呑みこまんとす死のように動かぬ森にソースをかけて

寂しくて愛されたくて青髯の部屋内に並ぶ死体となりぬ

切り裂かれ冷えた妻たち引き連るるわれは寓話の笛吹き鳴らし

ルイ金貨エキュ銀貨また夏空のいちばん美しい青も血のなか

グリムよりもペローの描く物語みんな狼が食べて、おしまい

渚

早春の風が吹きはじめると、その家の裏手にある梅林にはみっしりと紅白の梅の花が咲く。老朽化した木造の家にも、濃くつよい梅の香りが染みつくらしく、周辺は一年を通して、あまい、愁いの気につつまれている。その向かいのマンションに住んでいるわたしは、窓を開けるたびに憂愁の靄を吸いこんで、あまやかな気分に浸される。

「比呂里」とのみ書かれている古い表札の家には、老婆が二人暮らしている。来歴を知るものはいない。むかし、少女歌劇団にいて愛しあうようになった、という噂もあれば、親戚同士だ、と囁くものもいる。だが、誰一人、それ以上の関心は示さず、二人は小さな町の風景となって、そこに暮らしていた。

二人が外出するのは、近くのスーパーマーケットに行くときぐらいで、たいてい二人とも白い大きなコートをはおっている。背が低くまるまるとして、色の白いところまでそっくりである。

言葉を交わしたりはしないが、わたしは旧い知りあいのような懐かしさを覚えるときがあった。重そうなスーパーの袋を、二人して引き摺りながら帰ってくる道で出会うと、じっと見つめられている気がして落ち着かなくなった。

その日も、そうだった。早春の風が二人の白いコートを大きくふくらませていた。向こうから、帆船が二艘、漂流してくるかのように見えた。二人とすれちがう瞬間、「重いよう」と一人がいって、道端にしゃがみこんだ。「まことに重い」と、もう一人も相槌を打った。高速道路の脇の道を引き摺っていた袋がところどころ破けて、いかにも重そうだ。

一人言かと思ったら、そうではなかった。細い眼をいっそう細くして、四つの眼がわたしを下から見上げた。白いコートがはたはたと風を孕んで、異様に眩しい。わたしに、持て、といっているらしい。有無をいわせぬ圧迫感から、思わず「持ってあげるわ」と手を出すわたしに、当然のように袋が渡された。その手はふよふよと柔らかくて、ピンク色をしていた。

「寄っていくかい？」と訊くので、「少しだけ」といって、請じ入れられるまま上り框に腰をかけると、花の香りにまじって藁の匂いがただよってきた。どんと置かれたスーパーの袋から、パック詰めにされた豚の塊肉がいくつも転がり出てきた。

次の週も、次の次の週も同じだった。

その日も、同じ框に腰かけていると、いっそうあまい香りが流れこんでくるので、窓の外に、ぼんやりと眼をやった。駘蕩としている春の光のなか、紅白の梅の花が蠢いている。よく見ると、一人の老婆が梅の木の根元、一本ずつに何かを埋めている。

いま買ってきた豚肉らしい。老人二人の暮らしにしてはずいぶんたくさん買うものだ、と不可解に思っていた豚肉である。

つややかな、小さいピンク色の手が、せっせと肉を埋めている。春とはいえ、ぴんと張りつめた青空は冬のみずうみを思わせ、そのなかに火炎をあげて紅白の花が咲きのぼっている。

もう一人の老婆も走り出て、肉を埋めはじめた。わたしも一緒になり、必死に土をひっかき、掘り返し、這いずりまわっては、一本一本の梅の木の根元に豚肉を埋め込んだ。

町の彼方まで、一面に、紅白の墓標がやわらかな風にそよいでいた。

うすももの少女の手もて砂に引く垂線はまことこの世の渚

さし昇るエスカレーター茜さす鳥獣魚貝の雲のあわいへ

そういえばペ シミストの豚うつつなき声をこぼしておりぬ春昼

いまのいまわれを翔びたつぬばたまの鴉の羽が春を深くす

十方につつじれんぎょう玄関は口腔のごと闇を呑みたり

尖塔に主のくだれるを待ちわびて給水塔も古びたりけり

雲片のひとひらもなき夜天なれ呼ばれれば青き髪も献げむ

ゆるやかに交叉してゆくハイウェイ天に浮かぶと見えて消えにし

五

暦

星々を胸に縫いたるセーターを吊るして一陽来復のとき

桜月桃月雛月夢見月グレゴリオ暦にはなき恋しさよ

西洋の暦にあらぬ春秋が流れてうれし母の眠りに

ああ思いこうも考え悲しかり草の浮きたる粥を掬えば

白粥のむこうに光るみずうみに神訪れしはいつの春なり

雪の列車は斜線に流れその先に街のあることゆたかに親し

空高く抱きあげているヒトの子のみっしりとして無窮の重み

春を迎えに昇りてゆける階段のそのうえに消えそうな蛍光灯

下ろされる縄の梯子を受け止めてオリーブの庭にその人を待つ

ここにまた

かつて神の宿りし樹とも思えずに乳白色に濡れている幹

復活はせざりしか主よどちらでももういいような月が出ている

枝々に新芽の白いうず潜め森はしずかに放電しおり

コリント人への手紙が届く春の日は老いたる神父も窓に立たれよ

主の祈りを嫌がる子らに唱えさせ日々に母たるは忘れがたしも

黄に淀む夕靄のなかを寄り添えるいつしらに手の届かぬ時間

薄紙にくるみて十年うりざねの男雛の顔は磁気帯びるらん

桃の日に薬売り来る静けさの木箱のなかの黒き熊の胃

琺瑯の水差しのなかへ誘われゆきたしあれは墓にあらざれば

ここにまた生まれてこようこころまで吹かれて髪が頬を打つ春

アジアの杖

霜柱のくずるる彼方タゴールの白髯ながき春に逢いたり

生れてまた生れて震える新月へ子らを導くタゴールの杖

幼い耳に蔵われていし新月の歌やさしもよインドのひびき

いにしえにゼロの世界を識りたりしインドの民の長き幸い

アジア、汝は一つならねど夜の辺に水霧まとう黒髪もてり

昏れなずみ萌黄立つ窓億万の国土すべてがわたくしの墓

この日本をどうするのかと男たちの文字が散らばれり青麦色に

つややかな涅槃西風《ねはんにし》吹く現《うつつ》にはまこと死すべき日などなかりし

揚雲雀《あげひばり》が落ちたるあたり恐ろしき速さに草の穂の吹かれいる

伝説

浦島の子に救われし伝説の大亀の来ていまを導く

ゆさゆさと膨らみて来し伝説の亀の大きな無に吸われたり

伝説を書きたる紙片のなつかしさ雲雀東風吹く朝にひらけば

仙の力きみは持たぬを仙境に住みにしものの太郎よきかな

気が遠くなるほどあまき水の江の浦島の子はわれが祖なり

雨くさき爬虫類として亀はおり来世紀もまた次の世紀も

げんげ田に夕べ広がる花騒《はなさい》の生まれぬ前を恋うような音

さきほどまで生まれる前を恋うような眼をしていたが物語閉ず

鳥打帽子

貧しかりし関東人には郷愁の生まれざりしと脳学者きみ

卵巣が白く映され瞬ける上州おんなの祖母がわれに在り

病める口に吸わるるる雪のはりはりと身を震わせて祖母は怒りし

神の前に書き継ぎ来しと思うまで酔いどれの父をわれは描きし

若いのに老人の匂いわが父に似てくるこの子、鳥打帽子

柿若葉吹くひすがらを籠りいる子に白毛の殖えてきたりぬ

兄と弟ふたりの名前こもごもに蟬の薄翅をふるわせて呼ぶ

雪が斜めにマンションを切る春の夜は門に立ちたり息子とふたり

ふかぶかと拒むものあれば音立てて青葉の迫る窓を開けたり

終わらぬ家族

一枚の茣蓙《ござ》のうえなる聖家族幼らは花のご飯を食べぬ

薄暮には終わると思うままごとの家族なり揺れて笑いさざめく

日の昏れても終わらぬ家族であることのわけてもわれが子を産みしこと

末の世に黄楊こんもりと刈り込まれ微かにて門の奥に棲みなす

行き交える平らな雲の影を浴びわれは誰よりも卑しく泣きぬ

ほそき瑕《きず》はしる眼鏡にやわらかし満開という花びらの潮

月光の渦なす花の芯ふかく蜜あるを見てまなこ曇れり

縦に飛ぶ春の蚊ひとつ殺したりてのひらに大き神の音立て

童子

戻らむと行きて狂いし母とその母たちの待つ菜の花畑

音立てて青葉を奔りゆく霧の淋しいか淋しいか胸に溢れる

まずわれが叫びていたり樹を染める夕日のほかは誰にも会わず

若みどり淡く浮かべる月の夜は海彦恋し山彦恋し

水の匂い満ちたるめぐりひたひたに郷愁の毒を盛られけるかな

髪がつんつん萌え立ちている日本のカインとアベル草の匂いす

花びらのご飯ほろほろ食べていた幼子が覇者になりてゆくまで

台所にうずくまりたる童子いて母を殺《あや》めし悲しみを告ぐ

どんよりと八重桜揺れこの国の妣を刺したる童子はわが子

ふっと高くカーテン吹かれ母殺しの童子が潜む窓あらわなり

母殺しの童子を抱かんとするこころきらきらとして夜半に孵りぬ

母を殺めし童子も虐待されし子も抱きしめてゆく星の砂の河

まるで子宮に戻るようなり葉桜の森にどの子もどの子も入りぬ

それでも脚に草は触りているらしく生きていること瞬きの間ぞ

西郷星

戦場の骸《むくろ》のうえに風あればおりおりは草の香に紛れたる

自刃せし大東塾生十四名の静かなるかな敗戦の論理

祖父の墓荒らされたりしこの夏の夕日を浴びる妹とふたり

われを国と隔つ八月境内はあまくとろりと電球灯る

寂しいというにもあらぬ古き家に名誉回復のことなどはまだ

山百合のするどく香る家がありひたひたに待つ名誉とは何

名誉など白山羊さんの手紙ほど古りたる墓に置いて帰らん

醒めていよ醒めて見ていよ陽に枯れる畳に百合の花粉こぼれて

抜きん出て高き口笛を吹くものか生きてあることの人道の罪

それでも日本人はやさしいのよと母が言う独逸の例を指に数えて

「風のようなわが民主主義」コスモスのなびける細き群れに呼ばるる

コスモスの溢れる日本のいまならば誰が祀りてくれずともよし

ほっとりと瞬くという伝承の西郷星を大空に待つ

楊貴妃も義経も西郷隆盛もみんな夜空の星になりたり

鯛は鳴きましたか

老いた漁師の腕にしぼみている名前タトゥーは恋より遅れて萎む

海や空や島が光を返すので破片のようにあなたと坐る

兜岩を芯としヨットは巡りいる過ぎし夢いまだ見ぬ夢のごと

ミュージアムを出れば陽光降りしきり楡の大樹を過ぎし千年

悲しみはホルモンの減少に過ぎぬなり黒き日傘をぱっと開きて

中庭に星を飾れる笹立てて静かなり子供のいないマンション

マンションに生まれし一人のみどり子をわれら囲めり金魚見るごと

あまりに明るい夜の中庭もう死んだ子らが笹葉に降りつもりつつ

ただ息をしている病者の密けさに曼珠沙華ついと地表に出たり

蜩は鳴きましたか硝子玉に吸われるように夏の過ぎたり

萩の咲く秋の時間の降りつもり降りつもり噫《ああ》と声も洩らさず

圧倒的なゴミの上なる街に来て天使のように浮かぶ風船

大量の古き畳が捨てられて広場にのぼる鈍きかげろう

星のような発疹を身より吹き出だし大木のなお生きて立ちおり

美し葦原

大いなるロールに巻かれまだ何も印刷されてはおらぬ新聞

こおろこおろ産みの言葉のやわらかさはじめから脆かったなあ私たち

きれぎれのオルガンの音に陽が沈む陽が沈むとて日本の秋は

子供らのとうに去りたる夜の砂場なかば埋まる満月を見し

増水を重ねし夏の多摩川が残してゆける赤い自転車

追ってくる視線は人のものならず秋よりも深き井戸のある家

みずがねの銃の購入を急ぐとき美し葦原はこおろぎ鳴くも

アジアとはわれには漢音北京音あおぞらを切る声の大きさ

二十世紀を嘉《よみ》して食べる苦瓜のほのかに甘きチャンプルご飯

黄味のように濃霧の奥に灯りつつひとつ空港の冷えていたりぬ

静かなる海のひかりに島ありて鬼の棲むといううすき鴇《とき》いろ

アカンサス書屋に晶子と鉄幹の二人を重ね紐にくくりぬ

手から手へ紐は渡されそれだけのことに感情の雪崩れてゆけり

ジェット機の翼の幅は苦しくてあんなにも真昼の青を切りたり

六

ニューヨーク爆ず

少し遅れて印刷された新聞に蜜柑のごとくニューヨーク爆ず

パレスチナ、チェチェン、コソボ、アフガンと打ち砕かれし夢を数えて

日本に愛されなかったからわたくし　国土がアメリカに属しても平気

報復は報復を産むと解説し保身のこころ画面に匂わす

戦いを囃《はや》す「ええしゃこああしゃこ」意味なく口に繰り返すなり

きょきょきょきょきょ記号は笑う昼下がり薄き朝刊を卓に開きぬ

悪い夢のささぶれとして黄昏のメールは来たり〃ｂａｄｔｒａｎｓ Ｂ〃

すべすべのファストフードの椅子ばかり芽吹きはじめる草の喧騒

お洒落なる銃を買わんと思い立ち夕べのバスの座席に笑う

家族とか国とか日本の言葉とかすうっとくちびるを抜けてゆきたり

冬の戦争

かがやける南欧の畑に転がりしカボチャを思う冬ごもりかも

寂しみて断ち割らんとす太陽は熟して冬至の南瓜となれり

今日われの胃に収まりしペポカボチャ南欧の陽はいかに赫からん

黄金を蓄えてこし陽光のその色それが冬至のちから

長崎の「ぼうぶら」怖し唐茄子と呼びかえてそっと食みし祖たち

空爆の夜の一瞬われは見つやわらかな陽のかぼちゃの果肉

紀元前七〇〇〇年から生きている黄のペポカボチャが爆発したり

陽光のいま痛切になつかしく南瓜の種子を吐き出している

父の吐きし種子は戸口に散らばりて不意に始まる冬の戦争

冬ごもりの記憶の中には父がいて部屋の奥まで陽の降り積もる

瓜と小麦

一段目に春が蔵《しま》われ五段目はふかぶかと冬　祖母の簞笥は

引きだしに四つの季節の棲みいしがテロルの朝すべて失せにし

青桐の大き簞笥のしずかにてみんな戦争に行ってしまった

あまりに青く晴れわたりたる終章の世界劇場に蜜柑が一つ

雪が来るまえにさらさら死者たちのうえに降り積むアメリカの小麦

春秋に声はこだますまほろばの日本の瓜は縦に切るべし

アメリカの小麦の温さ日本の瓜の涼しさ　もう雪が来る

よみがえる記憶の淵に長靴あり黄禍の将と永く呼ばれて

いまアジアは

そういえば一尾の魚に似たるかな大海原にわたしの国は

よみがえる勇魚《いさな》捕りの血ヌバタマノ島ゴト朽チテシマエと叫ぶ

菜の花の香に噎《む》せかえり引きこもる小国にいつも無関心だった

いまアジアは夕映えの雲を冠に立ちているらしカメラの中に

きっと世界も道連れになるプレッツエル喉に詰まらせたあの指揮官と

黒椿咲きつぐように移動するタリバンは春の戸に乱れきて

突き当たりの部屋にむかしのようにいる幼きスナイパー二十六歳

重ね置きし出前のどんぶりきしきしと凍り始める終夜灯の下

ペン先で

ペン先で彫り込むように便箋に文字連ねゆくヴィンラディン、ヴィンラディン

まだいないどこにもいない首謀者の夜ごと間近に坐れるごとし

祖の祖は馬賊にありし私のめぐり騒がしき青蠅の声

彼方へと打ち捨てられし日本人の緑のこころ　沖に自衛艦

味付け海苔ご飯に巻いてどうしよう九月の自衛艦を道連れに

韓国製塩海苔を巻くおにぎりは母と子の口にみっしりとして

ひとり来て水道の水飲みしときその匂い淡き春の校庭

顔も知らぬ曾祖父は旅籠の主にて新宗教にふかく溺れし

夜な夜なを記していたる伝道の文字はささがき牛蒡《ごぼう》のような

春の夜に濃く匂い立つかなくささ伝道の誌と紙幣といずれ

いまは、日本。

長歌2002年春

ひかりふる　春の海には　不審なる　船沈みいて　不明なる　屍ただよい　い
るのなら　いてもいいけど　寄らないで　迫らないでと　春日照る　議事堂の
空　いにしえの　戦争がふと　立ち返り　低く寂しく　鳴る琵琶に　行くだけ
でいい　行くだけで　そう行くだけで　いいけれど　わが窓辺には　引き籠る
二十六歳　スナイパー　若葉の影に　横顔の　美しければ　いるだけで　い

いのいいのよ　ここはもう　あの世とこの世の　笑えない　喜劇が廻り　悲し
めぬ　悲劇が移り　あけぼのの　冷蔵庫より　取り出だす　イカのはらわた
ヒトの子の　はらわたぬらり　塩に籠め　酒盗ぞこれは　飴色の　酒壜抱く
わたくしも　いてもいいのね　いまのいま　いてもいいのね　ぬばたまの　海
の底から　琵琶の音が　届きて寂し　この世から　あの世へ生きる　ゆうぐれ
の　わたしの少女が　呑んでいる　濁酒かこれは　覚めぬまま　行く方知れぬ
日本など　終わろうとする　日本など　きらきらとして　散れよ世界に

反歌二首

むらさきの五七五や七七の夢やわらかく島を流れぬ

いつもわずかに悲しいだけの議事堂のときわの空に日の丸の旗

うすももいろの国

田安門半蔵門とたどりゆけば兵らが死にて眠りいる門

千鳥飛ぶすがたに濠を縁取りておだやかに寄る桜花びら

さくらさくらうすももいろの花のなおむこう彼岸に皇居はありぬ

材料はイカのはらわた酒盗なる変なぬめりを食べ継ぎて来し

砂浜はクジラのはらわたにゅるにゅるとぬらぬらとわが魂を放さぬ

うちつづくアリラン祭典　不審船に潜めしは濃きミサイルと知りぬ

海底に不審の船の沈みいてきらきら浅き春のさざ波

あなた死ぬまで57577ですか　にじり寄り蠟の涙をこぼしていたり

引き籠る猿田彦かも忘れられ忘れて窓辺にれんぎょうの黄

孤心

回想は切断されて夜の明けの蛇口より来る黒き黒き河

夜の明けの斎藤史論二十枚大いなる馬をファクスに流す

ぬばたまの夜の木橋を孤心もて渡りゆくらし風の恋しき

あれはデイジー額に空いた弾丸の穴ほどの悲も隠されてきぬ

街路には春の埃の浮きたるにテロップが伝う自爆また自爆

剥がれてゆくもの

磨かれた車体の上をなめらかな雲がゆき夏の地図ひらかれる

はつなつと聞けば浮き立つ若き日がサロメにありてサロメも悲し

椰子の葉を煮詰めフィルムを創りしとコリン・マッケンジー十九世紀生まれ

蝗のようなエキストラたちあの兵士この村人のみな死ににけり

祖母の死に父の死にまた友の死に川幅いっぱいに花火はあがる

茹でたての毛蟹にかすかな匂いあり夏の腐臭といわばいうべく

生半ば私という土塊にくさぐさの微生物育ちいるらし

人間はただやわらかな革袋　うすき夕映えの注がれてきて

朝な夕な身より剝がれてゆくものに鱗、色彩、記憶のかけら

家族の時間

あいまいなうすき笑いの浮く居間にふり積もる髪ふり返るきみ

神の櫓《やぐら》を揺すりあげたる大東京音頭が生きよ生きよと街に

櫓には太鼓がひとつ大東京ぺかぺかの空に夢を残して

微笑するカーネル・サンダース永久に在るように立つ白い背広よ

あかねさすカーネル農場に太りたる秋の鶏の脚がジューシー

手探りに扉をきみへ細く開け不審な夜を眠れる家族

家族愛？　苛立つ指にメンソールライトを挟む女優もいたわ

垂直に糸を光らせ戸棚から降りて来たのはお母さんでしたか

新聞紙の繭に包まれうっとりと眠りつづける家族の時間

あとがき

　これまでに経験することのなかったような時代の変動の中で、取り戻しようもなく時間を積み重ねてきました。大きな時代の流れは、いやおうもなくわたし自身に、またわたしの身のまわりに浸透してきています。いままでは怖くなかったことも身に沁みて怖ろしく感じられ、人は脆いものだと、つくづく思うようになりました。だからこそ、瞬時の生命のありようを短歌に自然に表現できたらいいと考えてきました。自然に、背伸びをしないで作りたいと思ってきました。けれど、ひびきの心地よさに充足して、一首の中に感情が小さくまとめられ、回収されてしまうことには抵抗を覚えています。ひりひりと変動する時代感情を表現しつづけたいと願っています。

またいっぽうで、ゆえの知れない郷愁の衝動が寄せてきているのを感じています。それは、思い出というものとは違っており、既視感というような現象でもありません。ふとした折りに、まるで水の面を透して景色を見ているような懐かしさが込み上げてきて、自分でも困惑してしまう瞬間がたびたびあります。追いかけても、つかもうとしても、手の届かない水の向こうの風景が、ただゆらゆらとした悲哀となって押し寄せてきます。アルバムの一葉に触れて回顧するのでもない、少女期に住んでいた街をそぞろ歩いて涙するのでもない、身体の奥のほうから膨らんでくる底の知れない懐かしさです。そのようなもの狂おしい衝動がほんとうは何であるのか、わたしはまだ知りません。

郷愁、あるいは思郷のこころとは、ある種の病いなのではないかと思うようになりました。身体の中に積み重ねられてきた時間の層が、いま現在を生きるわたしの「生の時間」を浸食してしまうときがあるのです。短歌を作りつづけることで、水面の向こうの景色をとり返せる日がやって来るのではないか。そう信じて、このたびの歌集名を『ノスタルジア』としました。

本集は、『寂しい門』（1999年刊）につづく第五歌集で、1998年から2002年までの作品を収めました。このあいだに、『家族の時間』『生のうた死のうた』というエッセイ集の刊行もあり、さきの歌集よりすこし時間があいてしまいましたが、2003年以後の作品も引き続き上梓する予定です。そちらの集は『みずうみ』と名づけました。

最後になりましたが、歌集出版にあたりまして、昨年の6月に永のお訣れをいたしました、生前いつも慈眼をもって見守って下さった近藤芳美先生に改めて心からの感謝を捧げます。また、いつも励まして下さる歌の仲間、本書装丁の大原信泉氏、北冬舎の柳下和久氏に、御礼を申し上げます。

2007年1月

佐伯裕子

本書収録の作品は、1998（平成10）—2002年（平成14）に制作されました。本書は著者の第5歌集になります。

著者略歴

佐伯裕子
さえきゆうこ

1947年(昭和22)、東京生まれ。76年、短歌誌「未来」に入会、近藤芳美に師事。歌集に『春の旋律』(85年、ながらみ書房)、『未完の手紙』(第2回河野愛子賞、91年、ながらみ書房)、『あした、また』(94年、河出書房新社)、『寂しい門』(99年、短歌新聞社)、『佐伯裕子歌集』(現代短歌文庫29、2000年、砂子屋書房)、エッセイ集に『影たちの棲む国』(96年、北冬舎)、『斎藤史の歌』(98年、雁書館)、『家族の時間』(02年、北冬舎)、『生のうた死のうた』(06年、禅文化研究所)などがある。

ノスタルジア《のすたるじあ》

2007年3月10日　初版印刷
2007年3月20日　初版発行

著者
佐伯裕子

発行人
柳下和久

発行所
北冬舎
〒101-0062東京都千代田区神田駿河台1-5-6-408
電話・FAX　03-3292-0350
振替口座　00130-7-74750

印刷・製本　株式会社シナノ

定価はカバー・帯に表示してあります
落丁本・乱丁本はお取替えいたします
ISBN978-4-903792-01-9 C0092